W9-BKT-449

¿Adonde van las personas caundo mueren?

Mindy Avra Portnoy   ilustraciones de **Shelly O. Haas**

ediciones Lerner / Minneapolis

*A mi madre, Sarah Themper Portnoy, y a mi
rabino, Andrew Klein. Su recuerdo está
siempre conmigo y fortalece mi corazón.*
M.A.P.

*A mi abuela y a todas las personas en cuyos
corazones ella perdura.*
S.O.H.

Traducción al español: copyright © 2009 por Lerner Publishing Group, Inc.
Título original: *Where Do People Go When They Die?*
Copyright del texto: © 2004 por Mindy Avra Portnoy
Copyright de las ilustraciones: © 2004 por Shelly O. Haas

La edición en español fue realizada por un equipo de traductores hablantes nativos del español de translations.com, empresa mundial dedicada a la traducción.

ediciones Lerner
Una división de Lerner Publishing Group, Inc.
241 First Avenue North
Minneapolis, MN 55401 EUA

Dirección de Internet: www.lernerbooks.com

Library of Congress Cataloging-in-Publication Data

Portnoy, Mindy Avra.
    [Where do people go when they die? Spanish]
    ¿Adónde van las personas cuando mueren? / por Mindy Avra Portnoy ; Ilustraciones de Shelly O. Haas.
    p. cm.
    Summary: Children ask different adults and themselves about death and receive a wide variety of answers. Includes an afterword and suggestions for parents.
    ISBN 978-0-7613-3905-2 (lib. bdg. : alk. paper)
    [1. Death—Fiction. 2. Questions and answers—Fiction. 3. Spanish language materials.] I. Haas, Shelly O., ill. II. Title.
    PZ73.P5885 2009
    [E]—dc22   2007053021

Fabricado en los Estados Unidos de América
1 2 3 4 5 6 — JR — 14 13 12 11 10 09

—¿Adónde van las personas cuando mueren?
—le pregunté a mi padre.

—Están sepultadas en el suelo
—dijo—, y se vuelven parte
de la tierra y de la naturaleza.

—¿Adónde van las personas cuando mueren?
—le pregunté a mi madre.

—Se van al cielo, un lugar
donde reina la paz—me respondió
Desde allí cuidan de nosotros.

—¿**A**dónde van las personas
cuando mueren?
—le pregunté a mi tía.

—*Se quedan en nuestros
corazones* —dijo.

—Están con nosotros cuando
lloramos y cuando reímos.
Están con nosotros
a medida que crecemos
y envejecemos. Fortalecen
nuestros corazones —dijo.

—¿Adónde van las personas cuando mueren?
—le pregunté a mi maestro.

—*Siguen viviendo en sus hijos, en sus alumnos, en sus amigos . . . en todas las personas a quienes amaron y que fueron importantes en sus vidas.*

—Se convierten en el futuro.

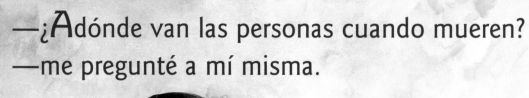

—¿Adónde van las personas cuando mueren?
—me pregunté a mí misma.

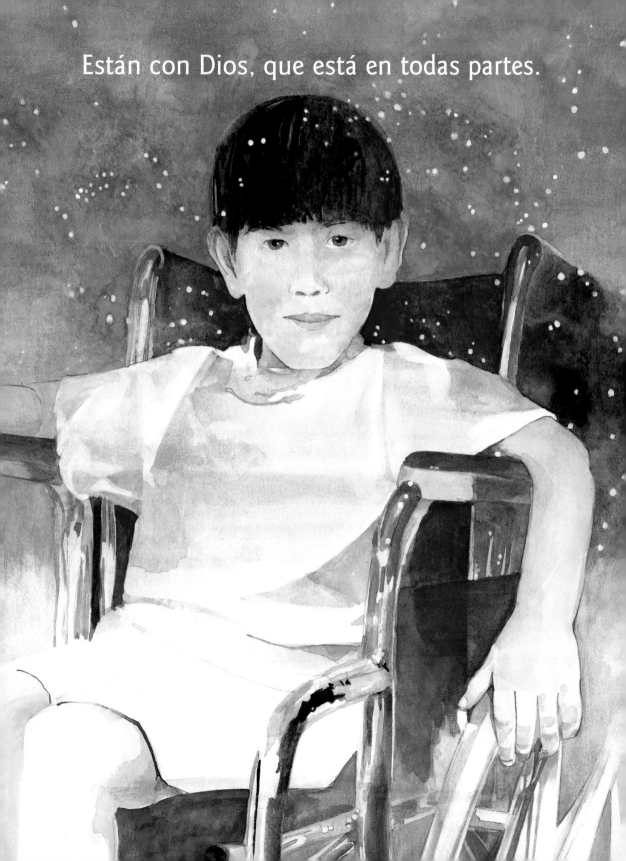

Están con Dios, que está en todas partes.

Están en el cielo y en la tierra,
en nuestras mentes y corazones,
en el pasado y en el futuro.

Están en cada uno de nosotros, que los recordamos siempre.

Epílogo

Tarde o temprano, todos los niños preguntan sobre la muerte. A veces las preguntas surgen debido a la muerte de una mascota, de un abuelo o, más terriblemente, de un padre, un hermano o un amiguito. Otras veces, el niño siente curiosidad y pregunta a causa de una noticia que vio en la televisión o en una película, o de alguna conversación que escuchó.

Cuando un niño plantea una pregunta, muchos padres no saben qué responder. "¿Cuáles son las respuestas correctas?", se preguntan a sí mismos. "¿Qué podría dañar a mi hijo psicológicamente: la honestidad, o las mentiras piadosas?". "¿Cuál es mi creencia personal sobre la muerte y los temas relacionados, como 'la vida después de la muerte'?".

Como rabina, estas preguntas se me plantean a menudo. Respondo que, como ocurre con la mayoría de las preguntas filosóficas profundas, no hay respuestas "correctas" o "incorrectas". Pero, SÍ hay "mejores" o "peores" formas de abordar el tema. Las mejores formas son aquellas que combinan la honestidad con la dulzura y la franqueza con el apoyo. Las mejores respuestas son las adecuadas para cada edad y nivel de desarrollo, y las que se centran en la pregunta que el niño realmente está formulando.

Algunos ejemplos:

—¿Qué le sucedió al abuelo?

—*El abuelo murió. No está dormido ni está de viaje. "Morir" significa que el abuelo no volverá.*

Su hijo necesita saber la verdad y usted debe fundamentar la verdad con hechos.

—*El abuelo era muy viejito y estaba muy enfermo. Vamos a extrañarlo mucho. Podemos mirar fotografías y contar historias sobre el abuelo para ayudarnos a recordarlo.*

Será más fácil para los niños entender la muerte del abuelo si han recibido información previa sobre su estado de salud. A veces, nos esforzamos tanto en "proteger" a nuestros hijos, que cuando la muerte finalmente ocurre, es más difícil entenderla.

Cuando una muerte es inesperada o repentina, los padres deben admitir que ese tipo de muertes ocurren, pero no con frecuencia.

> —¿Tú también morirás?
> —*Sí, pero dentro de mucho tiempo.*

Cuando entienden la realidad de la muerte, la mayoría de los niños se preocupan por perder a sus padres. La tarea de los padres es reforzar la seguridad del niño sin negar la verdad.

> —¿Yo también voy a morir?
> —*Sí, la muerte es parte de la vida, pero generalmente las personas mueren cuando son viejas.*

Los niños pronto aprenden que las enfermedades mortales y los accidentes pueden ocurrirles incluso a personas jóvenes, pero en su respuesta, usted debe hablar primero de lo más probable.

Sugerencias para los padres

1. No responda más de lo que su hijo o hija ha preguntado, ni más de lo que él o ella esté preparado para asimilar. En este sentido, es como cuando se habla de sexo.

2. Sea honesto. Si no está seguro de alguna respuesta, diga "algunas personas creen esto" y "algunas personas creen esto otro". No finja creer en algo en lo que no cree (el Cielo, o la vida después de la muerte, por ejemplo), pero deje opciones abiertas para sus hijos.

3. Utilice libros, películas y programas de televisión como ayuda en su conversación. Los bibliotecarios, maestros o representantes de alguna religión pueden ayudarlo a elegir material apropiado para la edad del niño.

4. Si necesita la ayuda de otros, pídala, pero considérese a usted mismo el maestro y mentor principal de su hijo. No debe decir SIEMPRE: "le preguntaremos al rabino o al pastor".

5. Prepare a su hijo para lo que sucederá en el funeral o servicio conmemorativo y en el cementerio. La falta de información genera más miedo que el conocimiento. Si no está seguro, pídale al religioso que dirigirá la ceremonia o a un amigo que se la explique.

6. Ayude a su hijo a crear un libro de recuerdos sobre la persona que incluya imágenes y palabras.

7. No se sorprenda si su hijo hace preguntas "raras". En el funeral de su abuelo, mi hijo de cinco años preguntó: "¿No va a ensuciarse la ropa en la tierra?". Para un niño pequeño a quien le preocupa no ensuciarse la ropa, esto es una pregunta normal. Otros niños pueden preguntar qué pasará con las pertenencias del difunto. Dé esa información a su hijo.

8. No se preocupe si su hijo NO hace un montón de preguntas, ni confunda el silencio con indiferencia. Los niños, al igual que los adultos, se afligen de diferentes maneras. Esté atento a los cambios de comportamiento del niño.

9. Si un niño se obsesiona con la muerte o tiene pesadillas recurrentes, busque ayuda profesional de un psicólogo o un religioso.

Mindy Avra Portnoy es autora de tres libros, entre ellos, *Matzah Ball: A Passover Story*. La rabina Portnoy se graduó en la Universidad de Yale y se ordenó como rabina en el Instituto Judío de Religión de la Universidad Hebrew Union College. Es rabina en Washington, D.C., está casada y tiene dos hijos.

Shelly O. Haas ha ilustrado muchos libros para niños, entre ellos, *The Magic of Kol Nidre*, nombrado Libro de Honor por el premio editorial Sydney Taylor, y *The Kingdom of Singing Birds*, Libro de Honor del Premio Nacional al Libro Judío. Se graduó en la Escuela de Diseño Rhode Island y trabaja en su estudio de Harrington, Washington.